CAMPAGNE D'ORIENT.

CAMPAGNE D'ORIENT

DEPUIS LE DÉPART DE LA FLOTTE

JUSQU'A LA PRISE DE SÉBASTOPOL

PAR UN ANCIEN OFFICIER DE CAVALERIE,

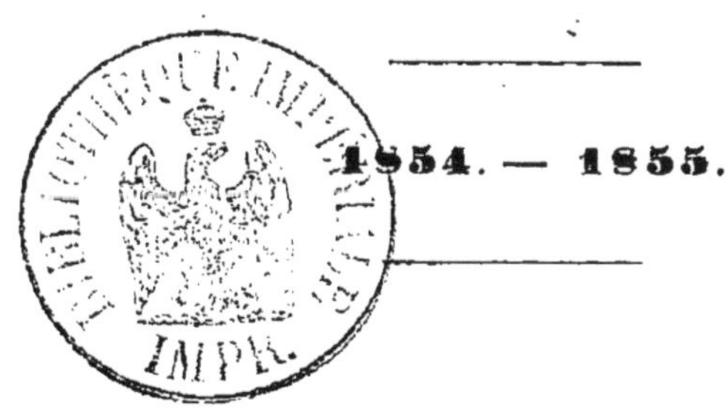

1854. — 1855.

BAYEUX,

Typographie de St.-Ange Duvant.

1856

INTRODUCTION.

Projets de la Russie sur la Turquie. — Avances de la Russie à la
Grèce.— Décadence de la Grèce.— Union de la France
et de l'Angleterre avant la guerre d'Orient.—
Préparatifs pour cette guerre.

Quel est donc cet écho qui réveille le monde ?
L'Europe sommeillait dans une paix profonde,
Et l'aigle fatigué de ses sanglants exploits
Regardait en pitié les peuples et les rois.
Aux pieds des monts glacés et de Thrace et d'Epire,
Esclave des sultans, vassale de l'empire,
La Grèce n'avait plus de sa noble valeur
Qu'un vague souvenir, un reflet de grandeur.
Sous les murs ébréchés de l'antique Bysance
On découvrait partout misère et décadence ;
En vain on cherche Athènes, et l'on ne trouve plus
Sur le sol tourmenté, qu'un souvenir confus.
A travers ces débris, l'homme a perdu la trace
De ces temples fameux dispersés dans l'espace.
Dans cet affreux cahos, ce n'est que le hasard
Qui montre du passé quelque fragment épar.

Les temps sont bien changés : la Grèce jadis fière
Courbe aujourd'hui le front, accepte la misère ;
Ce peuple a disparu, le Grec est oublié ;
Il a perdu l'honneur avec la liberté !
Par le sort des combats devenu tributaire,
Il a tout accepté, ne sachant que se taire ;
Ses héros oubliés à l'ombre d'un linceuil
Dorment depuis longtemps au fond de leur cercueil.
En vain on chercherait sur les bords de l'Euphrate,
Au milieu des tombeaux l'ombre de Mithridate :
Le temps a tout détruit ! pas un cri généreux,
Souvenir du passé, ne monte vers les cieux !
Pourtant, qu'ai-je entendu ? quel est ce bruit de guerre ?
Cet écho souterrain qui fait trembler la terre ?
Quelqu'espoir incertain pour un peuple asservi ;
Le Ciel à l'horizon qui paraît obscurci ;
Le flot, si calme avant, qui vient battre la rive ;
Cette ombre qui s'avance, et cette voix plaintive ;
Ce cri de liberté vous attendant là-bas ,
Vous disant : Levez-vous ! ne désespérez pas !
Je le vois arriver des rives du Bosphore,
Brillant et radieux comme une belle aurore ;
Il vient vous délivrer et vous rendre vos droits :
Tout un peuple se lève et s'avance à sa voix.
Votre culte est commun, le Dieu de la patrie
Est son idole ; aussi, par sa bouche il vous crie :
Liberté ! liberté ! C'est à vous de choisir
L'esclavage ou la mort. Hésiter, c'est mourir.
Pour vous délivrer tous je le vois qui s'avance ;
Unissez-vous à lui, vous doublez sa puissance.
De votre long sommeil il vient vous réveiller,
Vous enseigner comment vous pouvez vous venger.
Assez et trop longtemps une nation parjure,
Au nom de Mahomet vous prodigue l'injure ;
Un sultan imposteur, manquant à ses serments,
Impunément s'amuse à rire à vos dépens.

Unissons nos efforts ; qu'une étroite alliance
Contre nos ennemis double notre puissance.
Marchons !... Dieu nous appelle, et le traître vaincu
S'affaissera bientôt sous son trône abattu.
La Grèce a tressailli ! Mais à ce cri de guerre
Bientôt ont répondu la France et l'Angleterre.
Rivaux depuis longtemps, l'Aigle et le Léopard
Vont combattre aujourd'hui sous le même étendard.
Chacune avec raison fière de sa puissance
Veut aussi de son poids peser dans la balance.
L'une offre ses vaisseaux et l'autre ses soldats :
C'est à qui marchera la première aux combats.
Des côtes d'Albion jusqu'aux rives de France
On entend qu'un seul cri, mais un cri de vengeance :
Tous les bras sont levés ! on sent battre le cœur,
L'amour-propre est en jeu, c'est un défi d'honneur :
Du nord jusqu'au midi le canon gronde et tonne ;
C'est Neptune au combat qui transporte Bellonne ;
C'est la voile qui s'enfle et fait courber les mâts ;
C'est le sol ébranlé sous les pieds des soldats ;
C'est du fer, c'est du feu, le démon de la guerre
Portant partout l'effroi , le deuil et la misère :
C'est le monde à ce bruit qui tremble épouvanté ;
C'est l'esclavage en lutte avec la liberté ;
C'est Rome qui s'émeut sous ces échos de gloire ;
C'est l'Occident surpris qui court à la victoire ;
C'est le globe enlacé dans un cercle de feu ;
C'est l'ombre de Saint-Louis qui revient venger Dieu.
Avenir effrayant !... Si pourtant la Russie
Venait imprudemment engager la partie ;
Français, vite aux combats hâtez-vous d'accourir
Pour venger le pays, triompher ou mourir !

I.

Départ de la Flotte.

L'avez-vous entendu ? c'est le Dieu de la guerre,
Qui, dans l'Olympe en feu, fait gronder son tonnerre ;
C'est l'Europe, à ce bruit, qui lève ses soldats,
Déroule ses drapeaux, se prépare aux combats.
Du levant au couchant c'est un cri de vengeance ;
C'est l'aigle qui s'émeut à l'appel de Byzance.
Le voyez-vous, déjà s'élançant dans les airs,
Son œil étincelant jette au loin des éclairs.
Tout fuit à son aspect, la timide colombe
Dans son vol incertain longtemps hésite et tombe,
Le disque lumineux, que reflète un ciel bleu ,
Dans le ciel apparaît comme un globe de feu.
La nature frémit et tremble d'épouvante ;
La terre a tressailli sous sa couche brûlante ;
L'homme, lui-même, a peur, et n'ose, sans frémir,
Consulter le présent , sans craindre l'avenir ;
Il ne reconnaît pas cette voix inconnue,
Cet écho belliqueux qui traverse la nue.
Il ne sait pas pourquoi ces affûts, ces canons,
Pourquoi ce mouvement, ces nombreux bataillons,
De ces engins de mort, le formidable ensemble,
Sous les pieds des chevaux, d'où vient que le sol tremble ,
Dans le port assemblés pourquoi tous ces vaisseaux,
Entre eux à chaque instant échangeant des signaux ,

Pourquoi vers l'Orient, la Méditerrauée
Sur ces flots étonnés porte-t-elle une armée,
D'où vient que le vaisseau qui porte l'amiral
Du vaisseau qui le suit attend-il le signal ?
Pourquoi l'eau, dans ce tube en vapeur condensée,
Va-t-elle en jets brûlants s'échapper en fumée,
Et pourquoi sur les mâts, jusque dans les huniers,
Voit-on monter partout matelots et gabiers ?
Ce bruit confus de voix, qu'au loin l'écho répète,
Toutes ces perles d'or que la vague reflète,
Ces piles de boulets dans la cale entassés,
Sur le pont des vaisseaux les bataillons serrés,
De siége et de combat ce matériel immense,
Ce qui sert à l'attaque ou bien à la défense,
Ce qui aide à la gloire, ou bien donne la mort,
Doit, au signal donné, bientôt quitter le port.
Tout est prêt et déjà dans le port de Marseille,
Obéissant aux vents, notre flotte appareille ;
Sur chacun des vaisseaux on fait le branle-bas.
Partout, de tous côtés, on entend des hourrahs,
Un zéphïr amoureux, de sa brise légère,
Fait incliner les mâts vers la rive étrangère ;
Le soleil du pays si doux, si précieux,
Devant l'immensité disparaît à nos yeux ;
Du clôcher des parents, des souvenirs de France
Ne reste déjà plus bientôt que l'espérance :
Mot trompeur, qui souvent cache à l'humanité
Le reflet incertain de la réalité.
Nul incident fâcheux, nulle cause importune,
De ces vastes desseins n'entrave la fortune.
Rien ne vient dans leur marche arrêter nos vaisseaux
Et la brise est légère aux plis de nos drapeaux.
Le soldat est heureux et la gaîté française
Semble au milieu des flots se trouver fort à l'aise ;

Cavaliers, fantassins, mousses et matelots
Pour égayer la route échangent des bons mots ;
Chacun dans son patois raconte son histoire ,
Amuse son voisin sans le forcer d'y croire
Et le promène ainsi de Paris à Moscou.
Puis, quand il a tout dit, se blottit dans son trou.
Le jour succède au jour et sans monotonie
Le soldat fort gaîment trouve à passer sa vie ;
Quelques couplets grivois, sa pipe et son tabac
Sont ses délassements, ses loisirs au bivouac ;
Pourtant déjà la mort a plané sur sa tête ;
L'Océan sous ses pieds prélude à la tempête
Quand, sur son banc de quart, l'amiral Hamelin
Pour arriver au port lui montre le chemin.

II.

Débarquement de l'armée à Constantinople.

On le prend, et bientôt sous les murs de Byzance
Va flotter sur les mâts le pavillon de France,
Et la ville autrefois où naquit Mahomet,
Des moins aventureux éveille l'intérêt ;
Là, chacun considère, avec un œil d'envie,
Le dôme étincelant de la sainte Sophie ,
Ce somptueux berceau du culte musulman ,
Où, dans l'or enchâssé, repose le Coran.

Constantinople enfin plus brillante et plus belle ,
Ce palais enchanté, d'une race infidèle,
De ses croissants dorés éblouissant les yeux
Projetait sur la rade un rayon lumineux.
Les récits fabuleux de toutes ces merveilles
Faisaient à nos soldats entrouvrir les oreilles.
Sultans improvisés combien seraient heureux
Sous ces voiles discrets de surprendre des yeux.
Combien seraient jaloux d'emprunter d'Orosmane,
Rien que pour un moment ses palais, sa sultane.
Non, non, réveillez-vous, debout nobles guerriers ;
Ce n'est pas au repos qu'on cueille des lauriers.
On a vu des soldats, des vainqueurs d'un autre âge ,
Au milieu des plaisirs oublier leur courage,
Et la France pourrait vous reprocher un jour
D'avoir sacrifié son honneur à l'amour.
Marchez , marchez gaîment où sa voix vous appelle ,
Dieu vous a désignés pour venger sa querelle ,
Pour cueillir des lauriers, renverser des remparts,
Sous leurs débris tombés planter nos étendards.
Il veut que votre nom aux rives du Bosphore ,
Par l'écho répété longtemps redise encore,
Au bruit de vos exploits, que le soldat français
Est venu comme ami protéger ces palais.
Espinasse aussitôt, pour former l'avant-garde,
S'apprête à débarquer la première brigade.
Des vivres, des boulets, des chevaux, des caissons ,
Sur le sol ottoman suivent nos bataillons ;
Le canon qui défend le fort des Dardanelles
Nous donne le salut du haut de ses tourelles ,
Et le Croissant qui brille au sommet du rempart
S'incline avec respect devant notre étendard.
Les enfants du prophète assemblés sur la plage,
Viennent, reconnaissants, rendre honneur au courage ,

Et répétant en chœur leurs cantiques joyeux
De leurs joyeux refrains font retentir les cieux.
Qu'il était beau de voir tout ce peuple en liesse
Nous répondant de loin par des cris d'allégresse,
Suivant nos bataillons aux plaines de Maslak
Où St.-Arnaud d'avance a choisi le bivouac.
Des Anglais en retard c'est là que dans l'attente
Nous allons quelques jours transporter notre tente.
Sur les bords du Danube et de la Dobruscha
Attendant le moment de marcher sur Varna.

III.

Trajet de Maslak à Varna.—Choléra.
—Découragement.

Le trajet était long, la chaleur étouffante,
La terre dégageait une vapeur brûlante
Sur le bronze ou l'acier, le fer ou les canons,
Le soleil en tombant projetait ses rayons.
Jamais dans ce désert la nature sauvage
Du plus léger abri ne présentait l'image ;
Sur ces sables brûlants l'arabe et son troupeau
Marchaient des jours entiers sans trouver un ruisseau.
Dans ce vaste horizon rien n'arrêtait la vue
Et l'ombre d'un clocher était chose inconnue ;
L'on ne rencontrait plus aux sables du désert
Que la voûte des Cieux pour se mettre à couvert.

Du soldat fatigué rien n'égayait la vie ,
Le jour, la nuit, toujours il pleurait la patrie ,
Et son cœur inquiet ne pouvait oublier
Sa mère et ses amis , et sa place au foyer.
Lui qui croyait trouver sur la rive étrangère
La gloire et les lauriers, n'y voit que la misère ;
Se courbe sous les coups d'un horrible fléau ,
Loin de ceux qu'il aimait vient chercher un tombeau.
La mort autour de lui commence ses ravages,
Frappe, éclaircit les rangs, amollit les courages ,
Et nos braves soldats qui tombent par milliers
Contre de noirs cyprès échangent leurs lauriers.
Espinasse a tremblé, son âme s'épouvante
En face du danger on la voit défaillante ;
Lui qui dans vingt combats sut affronter la mort
Va-t-il pâlir aussi devant les coups du sort,
Et peut-il lâchement se mentir à lui-même ,
Se déclarer vaincu dans cet instant suprême ;
Plutôt vaudrait cent fois succomber ou mourir
Que reculer d'un pas, que trembler et faiblir.
Non, son âme est trop forte, il a trop d'énergie
Pour imprimer sitôt une tache à sa vie ;
Il sait que le courage et la témérité
Doivent léguer son nom à la postérité.
Général et Français, il veut que la victoire
Ajoute à ses lauriers, nouveaux titres de gloire ;
Il veut tenter au moins la chance d'un combat;
S'il meurt, il veut mourir de la mort du soldat.
Il sait que Saint-Arnaud, aux rives de Crimée
Lui donne rendez-vous et conduit son armée ;
Que là sont les lauriers qu'il espère cueillir,
Que c'est là qu'il faut vaincre et peut-être mourir.
Aussitôt à sa voix notre flotte s'avance
Portant au haut des mâts les couleurs de la France.

Les Anglais sous Raglan suivent les mêmes eaux
Et le même océan voit flotter leurs drapeaux.
Pour venger le croissant du glaive qui l'opprime
Un intérêt commun nous pousse et nous anime.
Rivaux depuis longtemps, sur le même terrain
Réunis aujourd'hui nous nous tendons la main,
Ensemble combattant sous la même bannière
Avec un même élan entamant la carrière,
On les voit avec nous rivaliser d'ardeur,
Partager nos succès, notre gloire et l'honneur ;
Partout, de tous côtés, dans les rangs de l'armée
Les soldats à grands cris demandent la Crimée,
On parle de Kamiesch ou de Balaclava
Et de Sébastopol et d'Eupatoria.

IV.

Débarquement à Balaclava.

Devant Balaclava, notre flotte au mouillage
Attendait le moment d'aborder au rivage ;
On voyait sur le pont, mousses et matelots
Du flanc de nos vaisseaux détacher les canots ;
La troupe en cet instant pousse un cri d'allégresse,
La foule autour des mâst tourbillonne et se presse,
Généraux et soldats sans se faire prier
Se disputent à qui passera le premier.
C'est à qui le premier, pour venger la patrie,
Pourra mettre le pied sur la plage ennemie,

Y courir des dangers, affronter mille morts,
Prendre Sébastopol et démonter ses forts.
Des bataillons nombreux, ardents, pleins de courage,
S'attendant au combat, descendent sur la plage.
Rien pour eux ne venait porter ombre au tableau,
Le vent était pour nous et le ciel était beau ;
Comme un zéphir léger s'élevant de la plaine
Il nous rafraîchissait de sa timide haleine ;
La brise se glissait à travers les taillis,
Aucun bruit ne venait des postes ennemis ;
On n'apercevait rien, mais crainte d'embuscade
Lançant en tirailleurs sa première brigade
Saint-Arnaud veut connaître et fouiller en tout sens
Le terrain qui pourrait cacher un guet-apens.
Avec un cœur français, il ne saurait comprendre
Qu'on puisse être attaqué sans vouloir se défendre ;
Il sait que celui-là qui livre son pays
Est traître , et que son nom mérite le mépris.
Il craint que, devinant le but de l'entreprise,
Menschikoff, contre lui, médite une surprise
Et plaçant nos soldats dans un cercle de fer
Tombe en force sur eux et les jette à la mer.
Ce sentiment chez lui, plus prompt que la pensée
S'efface en regardant son invincible armée ;
Il met le sabre en main et sur son étrier
D'un seul bond il s'élance et franchit son coursier.

V.

Bataille de l'Alma.

Bientôt il va partir, quand soudain à sa vue
S'offre sur la hauteur une masse inconnue ;
Il hésite, il tressaille, un reflet lumineux
Vient éclairer son front et jaillit de ses yeux.
D'un geste impérieux arrêtant la colonne,
Il montre l'ennemi, va, vient, dispose, ordonne
Et dirigeant son bras du côté de l'Alma
Ne dit que ces deux mots : en avant ! le voilà.
Aussitôt invoquant le Dieu de la victoire
Il va, quoique mourant, chercher un peu de gloire.
C'est lui qui le premier veut montrer le chemin ;
Mais il est arrêté sur le bord d'un ravin.
Bientôt sans calculer, sáns mesurer l'abîme,
De rochers en rochers arrivant à la cîme
Nos zouaves se glissant à travers les buissons
Sous formes de soldats font croire à des démons.
L'ennemi les voyant affronter la mitráille,
Les prend pour des serpents cachés sous leur écaille,
Pour de malins esprits apportés par le vent ;
Il voudrait, mais trop tard, s'opposer au torrent.
Déjà, de tous côtés, la lave l'environne ;
Vivante, autour de lui, la vague tourbillonne ;
Partout ses bataillons par la peur ébranlés,
Rompus sur tous les points sont bientôt dispersés.
Les nombreux escadrons des enfants de l'Ukraine
Atteints par nos boulets, s'échappent dans la plaine.

Des casques, des fusils, de honteux étendards
Cherchent pour s'y cacher des murs et des remparts.
Sébastopol est là, tout près, qui les rassure,
Qui leur offre à propos une retraite sûre,
Où longtemps à l'abri, sans de rudes efforts
Les vaincus de l'Alma pourront se croire forts.

VI.

Mort du maréchal Saint-Arnaud.

Hélas ! pourquoi faut-il après chaque victoire,
De ceux qui ne sont plus honorer la mémoire,
Et, les larmes aux yeux, mettre, en signe de deuil,
Un cyprès sur leur tombe, un crêpe à leur cercueil ?
Pourquoi la mort aussi présidant au carnage,
Par des ruisseaux de sang marque-t-elle son passage,
Et nous montrant à tous le néant des grandeurs,
Frappe du même coup et vaincus et vainqueurs ?
Jamais son bras vengeur n'épargnera personne ;
On la verra frapper sur les marches du trône,
Chrétiens ou protestants, ou fils de Mahomet,
Au jour marqué chacun subira son arrêt.
Rien n'arrête son bras, ou faiblesse ou puissance,
D'un poids toujours égal font pencher la balance
Et sans jamais pouvoir échapper à ses coups
Quand elle a prononcé, viennent au rendez-vous.
Saint-Arnaud le premier aux lieux où tout s'efface,
Poussé par le destin vient chercher une place.

Déjà, depuis longtemps, par un sublime effort,
Son courage luttait en vain contre la mort.
Au milieu du combat se soutenant à peine,
Porté par deux dragons, il parcourait la plaine,
En face du danger, sans trembler ni pâlir
Son âme défaillait et se sentait faiblir.
Mais Dieu ne voulait pas qu'une balle ennemie
Du vainqueur de l'Alma vint suspendre la vie.
C'est après le combat, c'est au sein du repos
Que la mort au pays enleva le héros !
Respectons ses arrêts ! Honorons la mémoire
Du brave dont sur nous a rejailli la gloire,
Et que son nom, par nous, sur le marbre tracé,
Lègue son souvenir à la postérité !

VII.

Inkermann.

Victoire !... A nos drapeaux cette aimable compagne
Par un brillant succès vient d'ouvrir la campagne.
L'écho qui retentit, pour la première fois
Au bout de l'univers va porter nos exploits.
Un vent doux et léger qui le porte à la France
Lui porte en même temps la joie et l'espérance.
A la ville, au hameau l'on vante nos soldats ;
Tous les cœurs sont émus aux récits des combats ;
Chacun en les lisant veut les relire encore,
Se transporte en esprit aux rives du Bosphore.

Aux pieds de St.-Arnaud, c'est à qui le premier,
Viendra pieusement déposer un laurier.
Et pourtant il n'est plus ! C'est Canrobert qui crie :
Soldats, venez venger les morts de la patrie !
C'est à vous d'attaquer, de forcer ces remparts,
De planter au sommet vos nobles étendards !
A vous de leur montrer ce que peut la vaillance,
Quelle est de votre bras la force et la puissance !
A vous de les forcer à demander la paix,
A s'incliner honteux devant le nom français !
Mais il faut avant tout des hordes de l'Ukraine
Balayer les hauteurs et dégager la plaine.
Il faut de tous côtés surveiller l'ennemi ;
Il faut se fortifier et trouver un abri ;
Partout, au camp, au feu, faire que notre armée
D'eau, de vivres, de tout soit approvisionnée ;
Tout voir, tout préparer afin que le soldat
Soit au signal donné toujours prêt au combat.
La saison s'avançait, on prévoyait d'avance
Qu'il faudrait hiverner loin des rives de France ;
Que pour prendre la ville et s'emparer des forts
Il faudrait faire aussi de sublimes efforts.
Canrobert le savait ; chez lui l'intelligence
Secondait à propos la haute expérience.
Il voyait ses vaisseaux à la merci des vents
Luttant six mois entiers contre les éléments !
Il sait que le soldat privé de sa patrie,
Vaincu par le climat peut manquer d'énergie ;
Que celui qui gaîment court après le danger,
A force de souffrir peut se décourager.
Que le froid, que le feu, la faim et la misère
Eclairciront les rangs de France et d'Angleterre.
Il le sait, et pourtant au sommet des remparts
Il voudrait voir bientôt flotter nos étendards.

Aussi dans les deux camps sans perdre une minute,
Français, Anglais chacun se prépare à la lutte ;
Faisant face au terrain qu'ils doivent attaquer,
L'un et l'autre aussitôt viennent bivouaquer.
Mais quel est cet écho qui traverse la nue,
Ce canon qui de loin tonne, renverse et tue ?
Du côté d'Inkermann on voit à l'horizon
Les Russes s'ébranler sur les flancs du vallon,
De nombreux tirailleurs ils garnissent la crête ;
Et poussent des hourrahs comme en un jour de fête,
S'élancent en courant jusque sur nos travaux ,
Espérant nous surprendre et venger leurs drapeaux.
Sur le camp des Anglais qu'ils criblent de mitraille
Les Russes acharnés commencent la bataille,
Et suivant le chemin frayé par leurs boulets,
Franchissent les talus, sautent les parapets.
Bientôt serré de près, dans cet étroit espace,
L'Anglais, quoique surpris, résiste avec audace ,
Sous un torrent de feu défendant le terrain
D'un obstacle vivant, se fait un mur d'airain.
De morts et de mourants le sol brûlant s'encombre ;
Trop faibles pour lutter faut-il céder au nombre ?
Faut-il voir une tache aux couleurs du drapeau ?
Faut-il jusqu'au dernier se creuser un tombeau ?
Sans espoir de succès faut-il à la patrie
Des enfants d'Albion sacrifier la vie.
Non, non, rassurez-vous, le bruit de leurs exploits
Porté par les échos retentit dans les bois.
Bosquet, le fier Bosquet, à l'affût de la gloire,
Par nous déjà nommé l'enfant de la victoire ,
Arrive au pas de course avec ses bataillons.
En les voyant passer on dirait des démons
Sur l'ennemi surpris tombant à l'improviste,
Des ouvrages franchis bientôt il le dépiste ,

Le poursuit sans relâche et le force vaincu
A rentrer dans son camp honteux et abattu.

VIII.

Siége de Sébastopol.

Sur les murs indiscrets du temple de mémoire
Jamais on ne lira plus dramatique histoire.
Jamais on ne verra de plus sanglants combats,
De plus rudes travaux, de plus braves soldats.
Non, jamais plus d'élan, d'ardeur et d'énergie
Furent aux temps anciens offerts à la patrie.
Jamais , sur le terrain de la rivalité,
Ne fut plus large part à l'immortalité.
Dans ce drame sanglant , l'Europe à chaque page ,
Rencontre des lauriers et des traits de courage.
Sous la terre qui couvre et cache ses enfants,
Russe ou Français chacun peut compter des géants
Autour de ces remparts, ce que l'expérience
Ou le patriotisme inspire à la science
Ce qui préserve l'homme ou lui donne la mort,
Ou l'aide et le soutient dans ce sublime effort ;
Ce que l'on peut trouver de finesse ou de ruse,
Ce que la paix maudit, ce que la guerre excuse;
Tout est là pour prouver, dans cet affreux cahos,
Que la France en ces lieux transporta des héros.
Ici je ne crains pas que quelqu'un me dédise ;
Il était bien hardi qui tenta l'entreprise ;

Il n'avait pas prévu que sous les coups du sort
Lui-même, le premier, devait trouver la mort ;
Il n'avait pas prévu, que pendant une année
Un siége meurtrier arrêterait l'armée.
Il n'avait pas prévu, car il était soldat
Qu'ils auraient à braver les rigueurs du climat ;
Son cœur en abordant à la rive étrangère
Voyait d'autres dangers dont son âme était fière
Et chaque jour marqué par un nouveau succès
Lui montrait des lauriers, lui cachait des cyprès.
Moi je veux dans ces lieux ou sa cendre repose
Lui montrer que l'épine est tout près de la rose.
Dans un simple récit lui raconter comment
Nos soldats ont compris son noble testament,
Ce qu'il devait coûter de sang à la patrie,
Tous ces héros tombés au printemps de la vie,
Ce qu'ils ont déployé de courage et d'ardeur
Pour venger leur pays et sauver son honneur.
Je lui dirai comment notre invincible armée
Devant Sébastopol hardiment s'est placée,
Déroulant à ses yeux de saisissants tableaux,
Jour par jour avec lui je suivrai les travaux.
Il verra nos soldats, abandonnant la plage
A travers les rochers se frayer un passage,
Et sur ce sol aride avançant pas à pas
Démonter leurs canons pour les porter à bras ;
A tous moments forcés, pour éclairer leur marche,
Et pouvoir avancer, se servir de la hache,
Lutter contre un soleil à quarante degrés,
Sans un souffle de vent qui les eût ranimés.
Pour se désaltérer une source bourbeuse
N'est pour eux trop souvent qu'illusion trompeuse
Et celui qu'appelait un glorieux destin
Parfois inanimé restait sur le chemin.

De ce vallon désert, la vaste solitude
Pourtant n'est de leurs maux qu'un bien pâle prélude
Et vous saurez bientôt ce qu'il eut à souffrir
Celui qui croyant vaincre, apprenait à mourir.
Un froid vif et piquant, que la brise alimente
Retient des jours entiers le soldat sous sa tente ;
Souvent c'est un caillou qui lui sert d'oreiller,
Il aspire au repos et ne peut sommeiller.
Quand il a travaillé pendant une journée
Il va se reposer la nuit à la tranchée ;
C'est lui qui dans ses mains transporte les boulets ;
C'est lui qui les apporte au pied des parapets,
Sans quitter son fusil saisissant une pelle,
C'est lui qui doit aussi creuser la parallèle,
C'est lui sous le gabion dont il est abrité,
Qui mine le terrain ou creuse le fossé ;
Entrant jusqu'aux genoux dans la terre fangeuse
Se faisant un abri sous le terrain qu'il creuse
Et frisant d'une main sa moustache en crochet
On le voit fort gaîment saluer le boulet.
L'obus en serpentant qui dans les airs s'envole,
La bombe qui de loin décrit sa parabole,
Tous ces engins de mort, cet horrible fracas
Roulant autour de lui ne l'épouvantent pas.
Parfois même à ses pieds si quelque obus éclate
Prudemment il s'efface, et dans sa casemate
Guettant de tous côtés, se blottit comme un chat,
Sans craindre le danger, pour éviter l'éclat.
Souvent on les a vus, saisissant la fusée,
La prendre et la lancer par-dessus la tranchée,
Sans penser qu'en leurs mains elle peut éclater,
Ne songeant qu'aux dégâts qu'elle pourrait causer.
D'autres, souvent aussi, bravant la fusillade ,
Veulent pendant la nuit surprendre une embuscade ;

Sur les pieds, sur les mains, souvent sur les genoux ;
Assis, debout, couchés, marchant à pas de loup,
Sur un poste endormi tombent à l'improviste,
Font main-basse, sans bruit, sur tout ce qui résiste ;
Puis reviennent bientôt occuper le terrain
Où d'autres reviendront recommencer demain.
S'ils étaient à couvert ; mais rien ne les protége :
Que l'eau tombe à torrents, que les vents, que la neige,
Que tous les éléments contre eux soient conjurés,
Pendant neuf mois entiers ils les ont affrontés.
Attaquants, attaqués, toujours même énergie ;
On dirait que pour eux ce n'est rien que la vie :
C'est que chaque soldat porte le nom français ;
Qu'il souffre et sait mourir, mais ne se plaint jamais.
Monte-t-il à l'assaut, on le voit avec rage,
A travers les créneaux se frayer un passage,
Sans crainte et sans trembler au-dessus des remparts,
Il vient malgré les coups planter ses étendards !
Le sang qu'il a versé, la poudre qu'il aspire,
Tout le bruit qu'il entend tient son cœur en délire ;
Si la mort le surprend et le mène au tombeau,
Il y descend roulé dans les plis d'un drapeau !
Que lui importe, à lui, pourvu que la patrie
Tienne enchaîné, vaincu l'aigle de Moscovie !
Pourvu que dans son vol, escaladant les cieux,
Son aigle, à lui, triomphe et soit victorieux !
Mais combien sont tombés au milieu du carnage ?
Un long sillon de sang a marqué leur passage.
Lourmel un des premiers, trahi par le destin,
Par la mort arrêté, tombe sur le chemin.
Brancion, Brunet, Meyran sous la même hétacombe,
Ensemble réunis, descendent dans la tombe !
Et leurs noms répétés par les lointains échos
Diront à nos enfants qu'ils sont morts en héros.

Le sang qu'ils ont versé pour l'honneur de la France,
Du fond de leurs tombeaux semble crier : vengeance !...
Ecoutez !... écoutez !... à travers ces débris
Vous entendrez bientôt : Sébastopol est pris !

IX.

Bataille de la Tchernaïa.

Chaque jour Gortschakoff, resserré davantage,
Cherche un dernier moyen pour conjurer l'orage ;
Forme son plan d'attaque et sur Balaclava
Descend, suivant le cours de la Tchernaïa ;
D'un soleil nébuleux la lueur incertaine,
Pour servir ses projets obscurcissait la plaine ;
Le brouillard qui régnait au-dessus des marais
Cachait ses mouvements aux braves Piémontais.
Près du pont de Tractir, surpris à l'improviste,
Deux heures sans broncher La Marmora résiste,
Accablé par le nombre et malgré ses efforts
Il nageait dans le sang et marchait sur des morts ;
La chance des combats, incertaine et bizarre,
Semblait vouloir trahir le héros de Novarre,
Et son nom qui devait illustrer un drapeau
Allait en le tachant l'emporter au tombeau.
Déjà plusieurs des preux qui suivaient sa bannière,
Moissonnés par la mort ont mordu la poussière.
L'histoire devait dire aux siècles à venir,
Que trop faibles pour vaincre ils ont voulu mourir.

Genéraux et soldats, tombés sous la mitraille,
Semblaient désespérer du sort de la bataille ,
Et l'ennemi déjà croyait dans son orgueil
Changer pour eux la gloire en un vaste cercueil ;
Il croyait dans sa rage et dans sa jalousie
Entacher les lauriers de la fière Italie ,
Par un combat heureux conjurer le destin ,
Sur de sanglants débris se frayer un chemin.
Il ne savait donc pas que le Dieu de la France
Du côté du bon droit fait pencher la balance ,
Que malgré le courage et malgré les efforts,
Souvent les plus nombreux ne sont pas les plus forts ;
Que de quelques héros parfois une poignée
Ont pu lutter longtemps contre toute une armée ,
Changer une défaite en un brillant succès
Et trouver des lauriers cachés sous un cyprès.
Non tu n'as pas en vain fait appel à la France ,
Toi qui combats aussi pour la sainte alliance ,
Et réveillé soudain au bruit de tes exploits,
L'aigle viendra t'aider à défendre tes droits ;
En bataillons serrés se portant sur la rive
Les Français aussitôt reprennent l'offensive,
Chargent à l'arme blanche et menaçant les flancs
Des Russes étonnés, viennent rompre les rangs.
Sous les flots écumants de cette lave ardente
Les bataillons rompus reculent d'épouvante
Et bientôt du combat nous laissant les honneurs.
Vaincus, découragés, ils gagnent les hauteurs.

X.

Prise de Sébastopol.

Sébastopol est pris ! et le Dieu de la guerre
Suspend pour un moment la foudre et le tonnerre,
La victoire à la fin couronnant nos efforts
Laisse après le combat à pleurer sur des morts.
Sous ces murs écroulés, du pied jusqu'à la cime
Chaque morceau tombé recouvre une victime.
Généraux et soldats, entassés par monceaux,
Cachent sous ces débris leurs palpitans lambeaux ;
Ensemble confondus dans le même hétacombe,
Ensemble réservés aux honneurs de la tombe ;
Frappés par la mitraille et mourant en héros
Aux pieds de ces remparts ils cherchent le repos.
La mort dans ses arrêts toujours inexorable
Promenant autour d'eux son bras infatigable,
Moissonne sur ses pas nos plus nobles épis,
Et sous des flots de sang entasse des débris.
Vous que Dieu réservait pour vider sa querelle,
Auxquels il promettait une gloire immortelle,
Vous enfants du pays, intrépides guerriers,
Que la France à sa voix enrôla par milliers ;
Vous, nobles compagnons, orgueil de la patrie,
Pourquoi vous arrêter au début de la vie ?
Après avoir tant fait, pourquoi sitôt mourir,
Et ne laisser de vous qu'un triste souvenir ?
Fouillant dans le passé le burin de l'histoire
Doit-il donc seul, un jour, parler de votre gloire ?
Ensemble associer Javel et Nachikoff
Rivet et Pontevès, Le Breton, Korniloff,

Et d'autres noms fameux que le trépas rassemble,
Qui hurlent, étonnés de se trouver ensemble.
L'histoire ne dit pas les regrets et les pleurs,
D'un glorieux passé le prestige trompeur ;
Elle vous cachera les larmes d'une mère
Cherchant l'ombre d'un fils sur la terre étrangère ;
Terre ingrate qui couvre et cache dans ses flancs
Le sang, le plus pur sang de ses nobles enfants !
Elle ne rendra plus à la veuve éplorée
L'époux qu'elle a perdu dans les champs de Crimée ;
Ce nom qu'elle portait avec un noble orgueil,
Pour elle est un regret, un souvenir de deuil.
Si pour la consoler dans sa douleur amère
Le Ciel lui réservait quelqu'espoir d'être mère ;
Si ce sein palpitant où bat un jeune cœur,
Aux mânes d'un héros récélait un vengeur,
Dans son cruel malheur elle serait à plaindre,
Mais pourrait espérer longtemps avant de craindre,
Et dans ce doux espoir de la maternité
Trouver un peu de gloire et de félicité.
Nous devons espérer, oh ! France bien aimée !
Que d'un sang précieux quelque goutte échappée,
De ses sanglants débris fécondera les os,
Que l'ombre d'un laurier cachera des héros,
Ou plus tôt que la paix comblera la mesure
De tant de sang versé pour venger une injure ;
Qu'à l'appel de l'honneur tant de peuples divers
Venus pour s'égorger des bouts de l'Univers ;
Du destin des combats connaissant l'inconstance,
Entre eux contracteront une étroite alliance ;
Que la foudre dans l'air cessera de gronder,
La discorde de vivre, et la mort de frapper *!*

XI.

Honneur à Canrobert et à Pélissier.

Amis, vous permettez que ma muse indiscrète,
Pour chanter les vainqueurs embouche la trompette,
Et qu'un refrain joyeux sur les ailes du vent
Arrive jusqu'à nous des plages de l'Orient.
Qu'un nom fameux de plus soit acquis à l'histoire,
Inscrit en lettres d'or au temple de mémoire ;
Que ce nom jusqu'à nous arrivant le premier
Apporté par l'écho redise Pélissier ;
Que désormais chez nous, répété d'âge en âge,
Il soit pour nos enfants un type de courage,
Un modèle d'audace et d'intrépidité,
Portant sur son écu : Franchise et Loyauté.
Mais voyez près de lui cet autre qui s'efface,
Chef il était naguère ; il a changé de place
Et pris pour sa devise en devenant dernier :
Tel brille au second rang qui s'éclipse au premier.
Lui de tous ses soldats le père et le modèle ;
Lui de ses officiers l'ami le plus fidèle,
Infatigable au feu, téméraire au combat ,
Canrobert au besoin se fait chef et soldat.
Il visitait au camp la tente et l'ambulance,
Au courage abattu redonnait l'espérance,
Et si quelqu'un souffrait, se plaignait près de lui,
Il oubliait son grade et s'offrait comme ami.
Souvent il descendait jusque dans la tranchée :
On l'a vu sous le feu d'une bombe éclatée
Se placer, impassible, en face des crenaux,
Sa lunette à la main inspecter les travaux.

Non, non, je ne saurais avec indifférence
Voir ainsi s'effacer sa haute intelligence ;
Et lui-même ne peut dans un honteux oubli
Se cacher. Moi, j'entends qu'on s'occupe de lui.
J'ai le droit d'exiger de la reconnaissance
Pour un nom glorieux et si cher à la France,
Pour des noms que longtemps rediront les échos,
Qu'on ne peut prononcer sans nommer des héros.

XII.

Il serait injuste de ne pas laisser à chacun sa part de gloire.

Contempteurs orgueilleux de tout ce qui vous blesse
Osez-vous bien encore insulter la noblesse.
Osez-vous jalouser ses lauriers glorieux
Teinte d'un généreux sang, et cueillis sous vos yeux.
De ces pieux enfants des Croisés d'un autre âge,
Sans honte et sans pudeur suspectant le courage.
Sur ces tronçons brisés, sur ces rares débris,
Oserez-vous encore essayer du mépris ,
Souiller leurs souvenirs de votre lave impure,
Jusque sous leurs tombeaux leur prodiguer l'injure
Alors qu'ils sont couchés à l'ombre des cyprès,
Effeuiller leur couronne, envier leurs succès.
Je ne voudrais pas croire à tant d'ignominie
Et pourtant vous-poussez si loin la jalousie
Que vous ne craignez pas pour ternir leur blason
D'aller les déterrer jusque sous le canon.

Vous escomptez le sang de nos nobles victimes,
Leurs cadavres pour vous sont dépouilles opimes.
Lâches ! vous voudriez, en les voyant mourir,
Vous seuls en être cause et vivre de plaisir.
Malheureux ! je vous plains, si telle est votre envie.
Cachez-vous ! cachez-vous ! la France vous renie !
Et ce n'est pas à vous qu'elle ira s'adresser
Pour lui sauver l'honneur ou bien pour la venger !
Du nom que vous portez quel est donc le prestige ?
Chez nous c'est différent, et le nom seul oblige ;
Ce nom que vous couvrez d'un mépris dédaigneux
Fut honorablement porté par nos aïeux.
Ce parchemin poudreux vous trouble et vous offense ;
Sachez donc que pour nous il est la récompense
De services rendus ou de nobles exploits
Aux temps où l'on aimait, où l'on servait les rois ;
Au temps où l'on savait sacrifier sa vie
Par devoir et surtout amour pour la patrie ;
Quand des Montmorency, des Rohan, des Villars
Se servaient d'une épée et jamais d'un poignard ;
Alors qu'on ne trouvait pas une âme assez noire
Pour trahir son pays ou pleurer sur sa gloire ;
Où l'on ne payait pas une hospitalité
Ou par l'ingratitude et la déloyauté.
Compulsez avec nous les feuillets de l'histoire ;
Lisez les noms inscrits au temple de mémoire,
Peut-être aurez-vous moins le droit d'être jaloux
De ceux qui pour mourir vous donnaient rendez-vous

Un ancien officier de cavalerie.

Bayeux.—Typographie de St.-Ange Duvant.

www.ingramcontent.com/pod-product-compliance
Ingram Content Group UK Ltd.
Pitfield, Milton Keynes, MK11 3LW, UK
UKHW021203140726
13695UKWH00005B/2320